DATE DUE

¡CUÁNTA gente!
¿quiénes son?

nicanitasantiago

LIBROS PARA CHICOS • BOOKS FOR CHILDREN

© Hardenville s.a.
Andes 1365, Esc. 310
Edificio Torre de la Independencia
Montevideo, Uruguay

ISBN 9974-7799-2-8

Impreso en Hong Kong · Printed in Hong Kong

¡CUÁNTA
gente!
¿quiénes son?

Textos

Mariana Jäntti

Ilustraciones

Mariana Jäntti
Andrea Rodríguez Vidal
Osvaldo P. Amelio-Ortiz

Diseño

www.janttiortiz.com

ME LLAMO FRANCISCO.
TENGO TRES AÑOS.

ELLA ES FIONA, MI
HERMANITA, QUE ES
PEQUEÑITA.
YO YA SOY GRANDE.
VOY A LA ESCUELA.
FIONA NO VA A LA
ESCUELA, NO VA A
NINGÚN LADO.
SE QUEDA SIEMPRE
EN EL CARRITO DE
BEBÉ Y DUERME CASI
TODO EL DÍA.

ELLA ES MI MAMÁ. ES QUIEN CUIDA A FIONA MIENTRAS YO ESTOY EN LA ESCUELA. MAMÁ PREPARA LA COMIDA MÁS RICA DEL MUNDO. Y ASÍ, CUANDO VUELVO A CASA, EL ALMUERZO ES UNA FIESTA. ¡HOY COMÍ DE POSTRE HELADO DE CREMA!

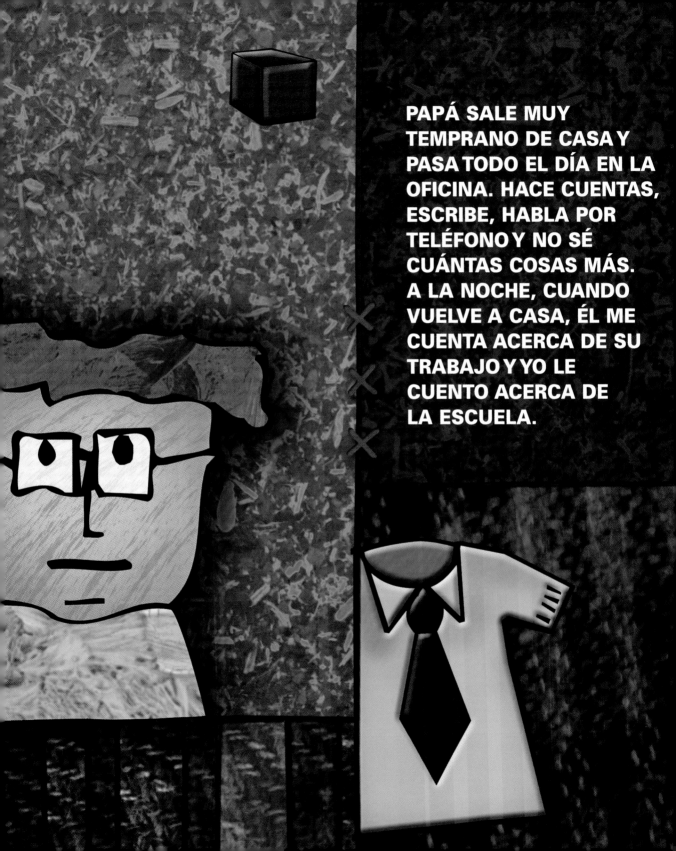

PAPÁ SALE MUY TEMPRANO DE CASA Y PASA TODO EL DÍA EN LA OFICINA. HACE CUENTAS, ESCRIBE, HABLA POR TELÉFONO Y NO SÉ CUÁNTAS COSAS MÁS. A LA NOCHE, CUANDO VUELVE A CASA, ÉL ME CUENTA ACERCA DE SU TRABAJO Y YO LE CUENTO ACERCA DE LA ESCUELA.

HOY VINO LOLA, MI ABUELA, A BUSCARME A LA ESCUELA. CUANDO SALÍ, LA BUSQUÉ ENTRE LA MULTITUD DE GENTE. MIRÉ... MIRÉ... ¿CUÁL ERA LOLA? ¡TANTAS CARAS! ¿DÓNDE ESTARÁ? ¡FINALMENTE LA ENCONTRÉ!

¡QUÉ ALEGRÍA!

NOS TOMAMOS DE LA MANO Y NOS FUIMOS CAMINANDO, FELICES DE ESTAR JUNTOS.

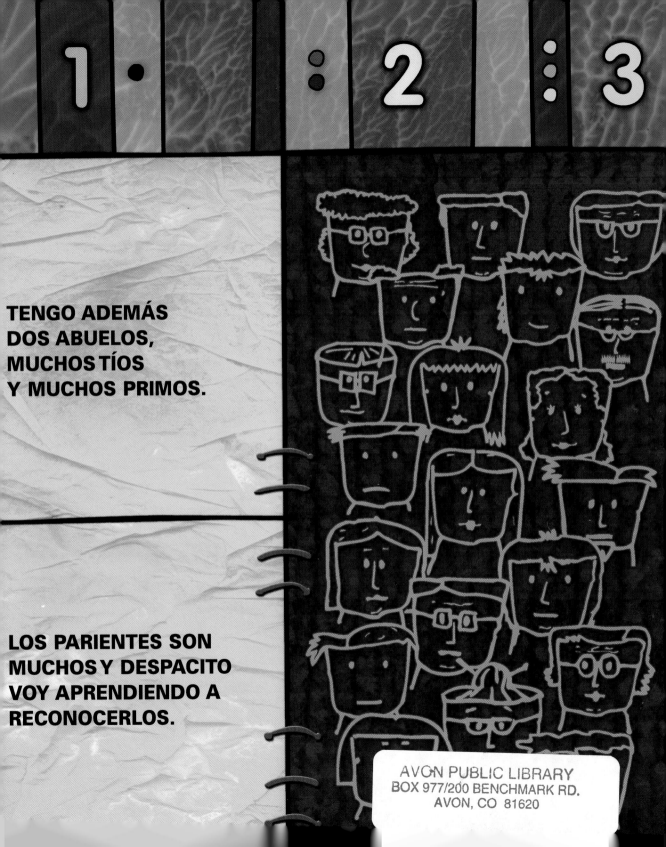

1. **: 2** **: 3**

TENGO ADEMÁS
DOS ABUELOS,
MUCHOS TÍOS
Y MUCHOS PRIMOS.

LOS PARIENTES SON
MUCHOS Y DESPACITO
VOY APRENDIENDO A
RECONOCERLOS.

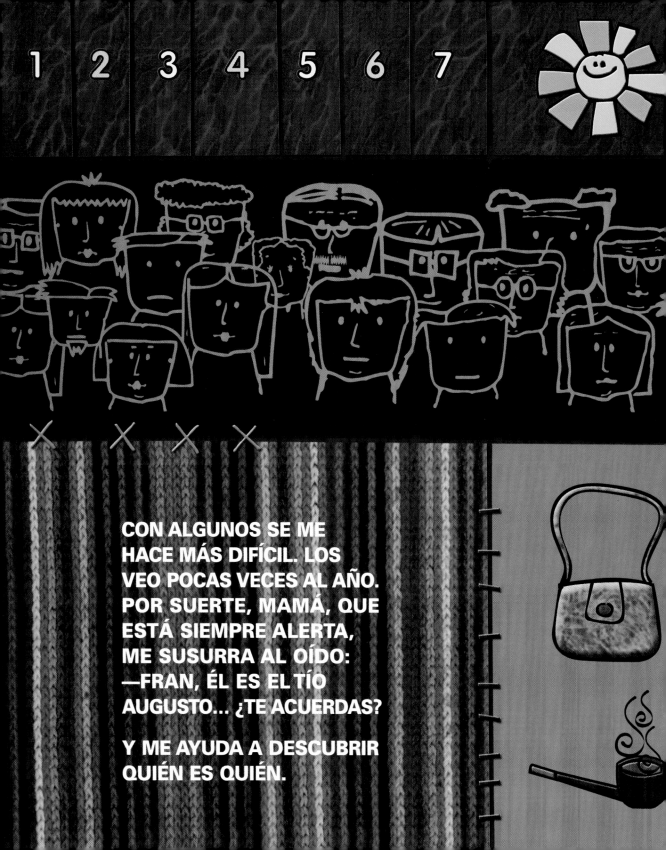

CON ALGUNOS SE ME HACE MÁS DIFÍCIL. LOS VEO POCAS VECES AL AÑO. POR SUERTE, MAMÁ, QUE ESTÁ SIEMPRE ALERTA, ME SUSURRA AL OÍDO:
—FRAN, ÉL ES EL TÍO AUGUSTO... ¿TE ACUERDAS?

Y ME AYUDA A DESCUBRIR QUIÉN ES QUIÉN.

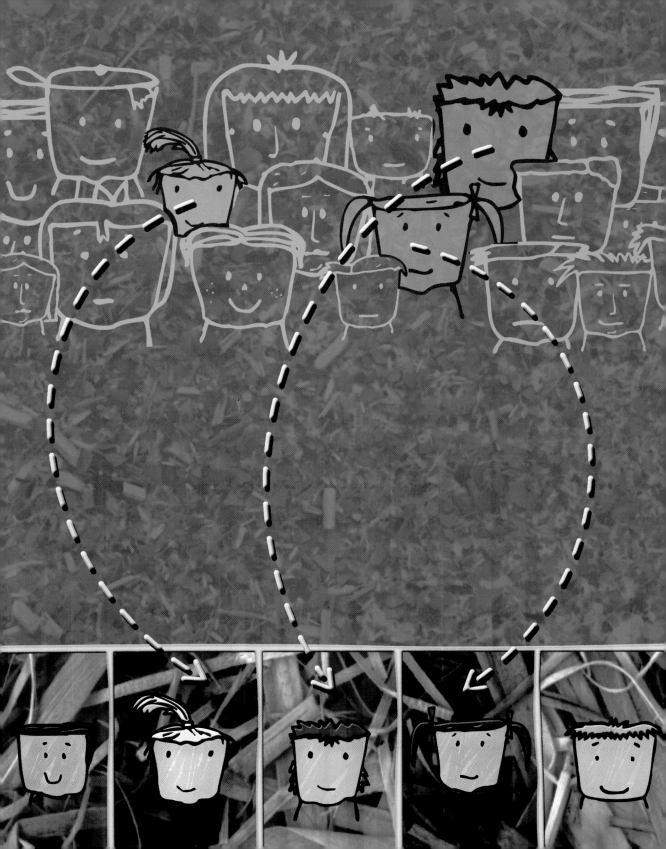

¡SÍ, SÍ, SÍ!
EL TÍO AUGUSTO
ES EL HERMANO
DE MI MAMÁ, Y
EL PAPÁ DE MIS
PRIMOS PABLO Y
ANDRÉS.

YO SÉ QUE
TENGO MÁS
PRIMOS,
HIJOS DE LOS
HERMANOS DE
PAPÁ. ¡EN TOTAL
SON MUCHÍSIMOS!

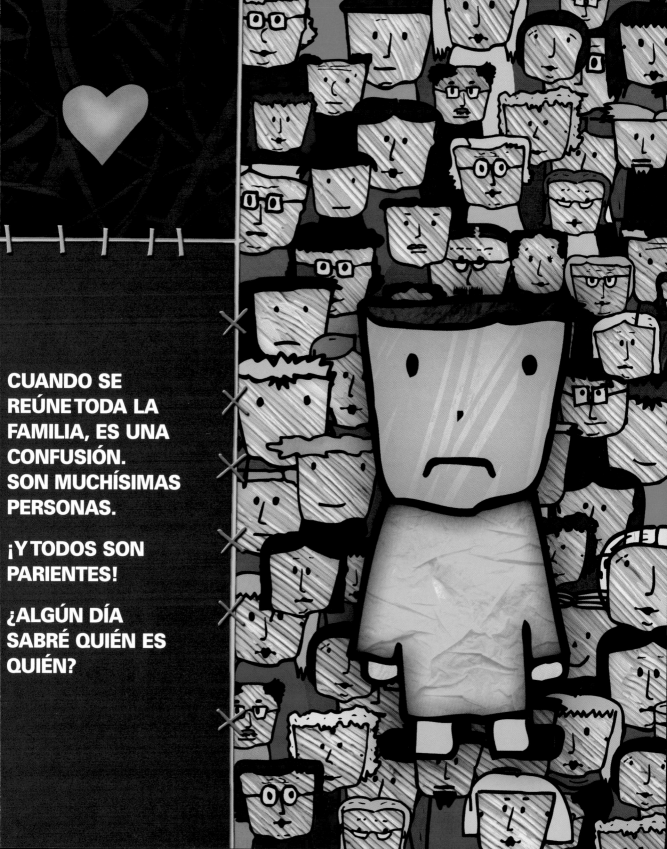

CUANDO SE REÚNE TODA LA FAMILIA, ES UNA CONFUSIÓN. SON MUCHÍSIMAS PERSONAS.

¡Y TODOS SON PARIENTES!

¿ALGÚN DÍA SABRÉ QUIÉN ES QUIÉN?

POR AHORA,
SIN APURO,
COMO DICE
MI PAPÁ,
SÉ LOS
NOMBRES DE
AQUELLOS
QUE MÁS CERCA
ESTÁN DE MÍ.

COLECCIÓN CIERTA DUDA

En esta serie, he querido contar situaciones que preocupan a los niños, situaciones que por su complejidad no alcanzan aún a comprender. Si bien conviven con ellas cotidianamente, resultan una gran incógnita para los más chicos. Son el inicio de un camino de descubrimiento y comprensión.

Es una colección mediante la cual deseo ingresar, a través de la narrativa, en el dilema del espacio y el tiempo y, también, en el de los vínculos familiares.

La perplejidad ante los recorridos espaciales, la dificultad para procesar los datos del tiempo y la dubitación frente al reconocimiento de las personas provocan imprecisión y vacilación en el menor.

En esta colección de tres libros, he querido dejar expuestas estas dudas, para que los niños tengan la certeza de que todos hemos pasado por ellas y que no nos han dejado ni inseguridad ni desconfianza, sino que, por el contrario, resultan imprescindibles para poder crecer.

MARIANA JÄNTTI

REALIZADO CON EL MÁXIMO DESEO
DE QUE AL LEER ESTE CUENTO
EL NIÑO QUE TIENES A TU LADO HAYA VIVIDO UN MOMENTO DE AMOR.

nicanitasantiago
LIBROS PARA CHICOS • BOOKS FOR CHILDREN